Metal iteratur

Über dieses Buch

Wenn alles nur noch eine Wiederholung ist, was kann uns dann noch überraschen? Arbeiten wir nur noch auf der Meta-Ebene an etwas Neuem? Sechzehn Fragmente fragen in diesem Buch nach den verbliebenen Gesten unserer Kultur. Unser Glaube an den Fortschritt, an die Iteratur der Literatur, bleibt eine Rückbesinnung: Alles Neue muss dem Alten entspringen oder auf diesem aufbauen. Jeder Text wird als Anspielung verstanden, jede Äußerung kann nur Zitat und kein Ursprung mehr sein. Selbst der Bruch mit literarischen Konventionen muss sich weiterhin auf das beziehen, was wir bereits kennen.

Felipe oGnzo

Metal iteratur

über schreiben

#Triggerwarnung #Un_gefähr_lich #Veredelung
#Mundraub #Brennende_Server #Hochkultur
#Wiederholungen #Unbemerkt_Wirken
#Albtraum_einer_Bohème #Aisthesis
#Mühelos_getrennt #Der_heiße_Brei #Unabstützig
#Abstrakte_Kunst #Pünktchen #Aufzeitschreiben

o Edit o | drei | 1. Auflage

Die Deutsche Nationalbibliothek verzeichnet diese
Publikation in der Deutschen Nationalbibliografie.

http://dnb.dnb.de

ISBN: 978-3-7519-3423-7

Herstellung und Verlag: BoD - Books on Demand,
Norderstedt

o Edit o

Liebe Personen,

zunächst freue ich mich, dass ich die sehr lange Formulierung „Liebe Leserinnen und Leser" vermeiden konnte. Das spart Platz und kommt diesen einleitenden Worten zugute. Als Personen dürfen Sie meine Anrede für angemessen halten oder nicht. Sie dürfen mir je nach Regung mit etwas Wohlwollen oder kritischer Distanz begegnen. Sie haben in der Regel die Wahl, ob Sie ein Buch beginnen und weiterlesen möchten. Viele Maschinen haben diese Wahl nicht. Die Google Volltextsuche zum Beispiel scannt diesen Text und muss dies unabhängig von der Wahl meiner Anrede tun. Sie hat keine Gefühle, die ich verletzen kann, während ich Sie, liebe Leserin oder lieber Leser, mit persönlicher Ansprache als Person würdige.

Ein Vorwort möchte aus dem Werk heraus treten. Man serviert einige Häppchen zur Entstehung, zum Kontext und zu den Hintergründen eines Buches und weiht Sie als Leser oder Leserin zum Mitwisser oder zur Mitwisserin. Auf dieser Meta-Ebene möchte man Sie als Komplizin oder Komplizen für die folgende Rezeption gewinnen. Sie können bereits einordnen, was auf den folgenden Seiten geschieht und dürfen sich in den Autor hineinversetzen. Es spricht nicht gerade für ein Werk,

dass es eine Einweihung nötig hat. Schade. Auch in
diesem Fall.

Solche und andere Meta-Überlegungen wurden in
diesem Büchlein zusammengetragen. Sie als Leserin
oder Leser werden sich dabei nicht immer wohl fühlen,
da sie als Leserinnen und Leser mit bedacht werden.
Aber machen wir uns nichts vor: Das werden wir immer.

Vielleicht kann ich in Zukunft noch etwas persönlicher
werden. Vielleicht durch ein Personalpronomen, statt
dieser neutralen Anrede als „Person". Schließlich geht es
in einem Vorwort ja um Sie und Ihr gutes Gefühl bei
dieser Sache.

Liebe Ihr? liebe euch, liebe Du, liebe dich nicht, liebe
alle oder so...

Ihnen viel Spaß bei der Lektüre der folgenden Texte.

Felipe Ognzo

1- Triggerwarnung

{ Die folgende Triggerwarnung mag verunsichern. }

[Dieses Buch schildert sprachliche Gewalt und bedient sich literarischer und rhetorische Stilmittel. Sein Autor ist sich durchaus bewusst, dass die Schilderung eines fremden Menschen für Sie eine große Herausforderung bedeuten kann. Er würde dem nur allzu gerne Rechnung tragen und jedem verstörten Ich, das für den ungeschützten Zugang zur Wirklichkeit noch zu zart ist oder einst zu empfindlich wurde, ein wenig Schonung versprechen. Doch das kann er nicht. Denn der Autor kennt sie nicht. Diese Triggerwarnung soll für sie deshalb ein frühzeitiger Hinweis sein, dass die folgenden Texte an dem Anspruch einer allgemeingültigen Harmlosigkeit gescheitert sind. Damit will der Autor keineswegs Ihrem guten Recht auf eine für das Individuum angepasste Welt, in der man das eigene Trauma zur allgemeinen Normalität erheben darf, widersprechen. Im Gegenteil: Es ist der verstörte Autor selbst, der hier um Nachsicht für sein Gefühlsleben bitten muss. Die Vorstellung von Ihnen als Opfer lag ihm fern und seine Äußerungen adressieren Sie weiterhin gleich Anderen, als Mensch, der sich dem eigenen Kontrollverlust täglich stellen muss und dabei in diesen modernen Zeiten nicht immerzu reüssieren kann. Hierin gleichen wir uns. Die Verstörung an sich – auch Ihre, die Sie vielleicht für etwas sehr Besonderes halten und persönlich als tragisch empfinden – scheint in dieser komplizierten Welt längst normal zu sein.

Vielleicht schreiben die folgenden Texte sogar ein wenig dagegen an. Vielleicht können sie Ihnen in dieser Hinsicht sogar zu Diensten sein – den Bedenken bezüglich ihres eigenen taumelnden Seelenlebens zum Trotz.

Ihr eigenes Empfinden und Erleben kann dieser Warnhinweis nicht vorweg nehmen und so bleibt es weiterhin Ihre Entscheidung allein, ob Sie mit dem Lesen nun fortfahren möchten.]

[Für die möglicherweise neu ausgelöste Unsicherheit möchte sich der Verfasser dieser Triggerwarnung entschuldigen. Für die folgenden Texte nicht.]

2- Un gefähr lich

Ich muss Sie warnen: Dieser Text ist gefährlich.

Was wäre, wenn Sie zum Beispiel zu dem Schluss kommen, dass meine Worte dringend benötigt wurden und dies im Besonderen von Ihnen selbst. Ich für meinen Teil würde eine solche Erfahrung nur sehr ungern durchmachen. Und doch ist dies nur eine der Bedrohungen, die Sie hier erwarten und die ich Ihnen niemals wünschen würde - auch wenn es den Anschein haben muss, ich als Autor könne dieser Entwicklung frühzeitig entgegen tippen. Mein Tipp für die hiesige Lektüre ist deshalb: Befürchten Sie jederzeit, dass ich mich als Autor verliere und den Wortfluss nicht mehr völlig kontrollieren kann. Ersparen Sie sich das böse Erwachen. Halten Sie die Augen auf, falls sich eine Erkenntnis als Beiläufigkeit tarnt, die Sie schließlich überraschen möchte. Halten Sie all Ihre Sinne beisammen.

Auch der Genuss der folgenden Zeilen liegt natürlich im Bereich des Möglichen. Ihr erster, wertender Impuls bei diesem Text mag Ihnen hierfür eine gewohnt distanzierte und vermeintlich saturierte Lesehaltung vorgaukeln. So manch Abgrund, so manch Rührung und Poesie wollte die Gefasstheit ihrer Leser jedoch nie wahren, hat deren Unversehrtheit am Ende nicht geschont. Geben

Sie also acht: Es haben schon ganz andere stolze Persönlichkeiten ein Schriftstück aus der Hand gelegt, um wie ein Schlosshund vor sich hin zu wimmern, der seine emotionalen Ketten plötzlich bersten sah. Das Eingeständnis der eigenen Verführung kann nachhaltig irritieren und wer in alter Routine auf jeden Autor herab sieht, da man sich selbst für ungewöhnlicher oder eben gewöhnlicher als jener hält, aber nicht mehr halten kann, während der Text unerbittlich fortschreitet, der kommt schließlich doch ins Schwanken.

Gefährlich wäre zudem die Langeweile, wenn das Immerwiederkehrende aus den Zeichen spricht, die Handlung der Geschichte sich nicht wie einst studiert fort entwickelt, sich kein Ende der erwartbaren Allgemeinplätze andeutet, diese Ihrem Geist nur die Zeit stehlen. Erwartungshaltungen könnten unterboten werden, Wendungen keine neu-narrative Befriedigung verschaffen. Spannung könnte abfallen, noch bevor Ihr Interesse an den Hintergründen, an den Protagonisten, an tief gezeichneten Charakteren und ausgedachten Beziehungsgeflechten geweckt wurde. Überhaupt könnte dieser Text nicht mal eine Person als Stellvertreter und Fiktion benennen, sondern sich lediglich um Sie und den Autor drehen, Ihnen keine Ausflüchte lassen, dass sich alles um belletristische Fantasien und um wortreich ausgeschmückte Abenteuer dreht, sondern nur und immerzu um Sie. Keine Hilfskonstrukte mehr, keine Flaubert'sche Detailwut, die irgendeinen Ort bedeutend imaginiert, keine banalen Gegenstände, die zu Schlüsseln einer plumpen Personenbeschreibung werden, keine fremde Lust in einer fremden Zeit, kein fremdes Schicksal voll Glück und Leid und Dramatik anderer Universen, deren Utopie und Erfüllung an Handelnden hängt, die tatsächlich relevant sind für ihre Welt, die die Wirkmächtigkeit ihrer Taten noch beweisen können, da man wohl sonst kein Buch über sie geschrieben hätte: All diese Ideen von Bedeutung könnten in diesem Text ausgelassen werden, alles könnte sich unverhohlen nur um Sie selbst drehen.

Und noch eine Gefahr lauert in dem hiesigen Stück. Die Gefahr, dass Sie all dies lediglich als Unterhaltung begreifen und mit dieser Belustigung nur Ihre eigene Belanglosigkeit bekräftigen, ohne aus der dargebotenen Selbst-ironie einen Vorteil zu ziehen. Zum Beispiel indem Ihr Nachdenken über sich selbst anhand dieser Zeilen Sie einen Schritt weiter bringt. Hinzu könnte die Furcht des Autors kommen, dass seine Worte niemanden berühren, obwohl sie von Herz und Hirn kommen und ihm ein ernstes Anliegen waren, eine Kunst, die über das Konterfei von Elvis als zufällige ASCII-Art hinaus geht. Diese Angst könnte Sie treffen und das Wortgebilde vor Ihnen in extreme und brutale Ausflüchte und Verlegenheiten treiben, wie ein schlechten Tarantino-Film, der nur noch die Ästhetik schonungsloser Härte kennt. Der viel zu durchschaubare, zu gewollte Schock. Das Zuspitzen als die Offenbarung der Leere des Schreibenden, der dieser Welt eigentlich nichts mehr zu erzählen hat, außer den Horror seines kaputten Selbst, das sich immer und immer wieder vor dem Fall und dem Normalfall retten muss. Ein stummer Schrei nach Bedeutung in einer Welt, in der kein einzelner mehr Sand oder Öl im Getriebe ist, sondern nur noch da. Mit trivialen Bedürfnissen, die durch viel zu lange Texte zu einem Seelenleben überhöht werden, das es nicht mehr gibt. Nur noch die Sehnsucht nach dem Zufall, den man nicht kommen sah und der doch etwas von Schicksal und

Vorsehung hatte, könnte aus den Worten sprechen, eine Melancholie ohne Grund und Hoffnung auf einen Plan hinter unserem Leben als einfache Tiere. Richtungslose Mäander in dem Wusel, den wir „Menschheit" nennen und voller Arroganz von der Natur getrennt haben, um einmal wichtig zu sein. Zumindest wichtiger als unser Nachbar.

Voller Gefahren steckt dieser, stecken wohl alle Texte. Der Dschungel der Worte lässt uns allein und selbst das Nacheinander der Zeichen ist künstlich. All die Hinweise und Verweise und auch unsere eigenen Assoziationen machen alles zu einem nonlinearen Hypertext, zu einem Nebeneinander ohne verlässliche Richtung.

Wer also will die Inspiration, wer braucht sie noch, wenn der eigene Weg durch diese Welt letztlich realer ist als ein Klassiker der Literaturgeschichte, eine Deklination der Fälle, ein Kanon der Szenarien, eine Taxis der möglichen Gesten? Warum beschäftigen wir uns mit der Simulation eines anderen, der uns einen allwissenden Erzähler vorgaukelt, doch in seiner kleinen Welt gefangen ist, egal wie er sich anstrengt? Wird nicht alles letztlich zu mathematischen Wahrscheinlichkeiten und wir zu Teilchen ohne Willen, zum Punkt auf der Gauß'schen Normalverteilung? Boy meets Girl und nicht viel mehr.

Brauchen wir tatsächlich eine fremde Erfahrung, um weiter zu kommen oder ergaunern wir uns nur etwas Empfinden. Provozieren wir die Empathie, um uns eines individuellen Selbst künstlich bewusst zu werden, um wieder zu spüren, dass wir überhaupt noch auf irgendetwas dort draußen reagieren? Alle Texte nur ein simuliertes Seelenleben, eine Droge mit Grusel, Schauer und etwas Liebe, weil man selbst längst so fad und beliebig ist. Dieser Text ist gefährlich, da er zu dem Schluss kommen könnte, dass Sie als Lesr gar nichts Eigenes sind. Selbst dieser Tippfehler stört sie nicht allein und macht sie so langweilig und so gewöhnlich.

Wir brauchen das Denken nicht, denn es gibt für uns keine Lösung, könnte am Ende dieses Textes stehen. Davor kann ich nur warnen, denn allein die Sehnsucht nach einem Leser hat dieses Stück geschaffen, nicht der Wunsch nach einer höheren Erkenntnis und dies ist bei den meisten Büchern der Fall.

Es bleibt somit die Gefahr, dass alles nur auf weiteren Fragen endet, die jeder letztlich selbst für sich beantworten muss. Dieser Text lässt sie damit allein. Er wäre wohl gefährlicher, würde er dies nicht tun und sie in Sicherheit wiegen.

„Zeitlos bedeutungsschwanger."

Zitat

3- Veredelung

...nein, dieser Satz unterscheidet sich in entscheidendem Maße von Ihrem. Ich habe ihn zum Einen heute selbst aufgeschrieben und zum Anderen auch anders gemeint, als jene Wendung, die Sie mir gestern so beiläufig und völlig profan als Lebensmotto präsentiert haben. Ich bin doch kein Dieb.

Auch möchte ich dem Eindruck entgegentreten, es handele sich bei diesen meinen Worten um eine Art Derivat Ihrer banalen Kurzform. Eine solche Ableitung würde voraussetzen, dass ich meine Gedanken als eine Weiterentwicklung der Ihren verstünde oder dass ich mich gar auf Ihren Ausspruch beziehe. Doch dies ist beileibe nicht der Fall. Wenn ich an Ihre gewöhnliche Einlassung neulich denke, die aus einer bauernweisen Selbstüberschätzung heraus pathetisch eine in sich gespiegelte Antithese anstimmt, die doch nur ein ‚sowohl als auch‘ anhand lustiger Wortspiele inszeniert, wenn ich das mehr gewollt als gekonnt Auratische, jedoch lediglich künstlich Paradoxale dieser ihrer Lebenseinstellung betrachte, das nur die Pointe will und wohl auch durch einen billigen „not-Joke" zur Genüge erreizt gewesen wäre, so empfinde ich nichts als Gleichgültigkeit.

Nein, mein Satz unterscheidet sich von ihrer Wortreihe ohne jegliche Auseinandersetzung, in sehr vielen Aspekten und auf sehr komplexen Ebenen, auch wenn er im Laut vielleicht ähnlich klingen mag. Doch die Kraft Ihrer Einbildung überrascht mich.

Dieser Größenwahn, der ihr kleines, so gewöhnliches Sprichwort zu zeitloser, aphoristischer Relevanz erheben möchte, ist auf seine Weise sehr erfrischend und bewundernswert: Sie sollten sich diese Naivität bewahren, die von der fehlenden Originalität und Tiefgründigkeit ihrer Gesten so schön ablenken kann.

Überhaupt gebührt Ihrer Chuzpe eine gewisse Anerkennung, mit so simplem Geiste hier unter meinen gebildeten und studierten Freunden das Wort erhoben zu haben und meinen pointierten Ausspruch mit hoch theoretischem Hintergrund und präziser Analyse offen als Ihr Eigen zu benennen. Schauen Sie in diese Runde: Der Applaus für dieses wohl unfreiwillige Amüsement ist Ihnen sicher. Nehmen Sie lieber, was Sie kriegen können. Denken Sie nun auf der Toilette über Ihre nächsten Tweets nach, während wir hier meine schöne Zuspitzung vertiefen und Ihren peinlichen Auftritt nun, auch ihnen zuliebe, lieber schnell vergessen. Überlassen Sie uns das Denken. Sie haben sich Ihren Urlaub nach dieser für Sie höchstwahrscheinlich sehr aufregenden Mutprobe redlich verdient und dürfen sich nun gerne wieder Ihrem vermutlich sehr alltäglichen Leben widmen, statt sich hier Ihr Köpfchen vor unseren Augen weiter zu zerbrechen. Wir sind ja keine Unmenschen und drücken gerne mal ein Auge zu, da Ihre kleine Anmaßung uns ein unerwartetes Schmunzeln abringen konnte. Aus Ihnen wird sicher mal ein großer Clown oder ein geschätzter Kalenderspruch-Autor. Irgendwann.

Viel Erfolg bei diesem Projekt und nun Guten Tag und auf Wiedersehen.

4- Mundraub

„...die Griechen gingen einst davon aus, dass die Welt nur eine Wiederholung sei", wandte er ein.

„Die Griechen glaubten nicht daran, dass sie die Welt verändern konnten?", fragte sie. „Dafür waren sie aber recht umtriebig im Mittelmeerraum und sogar bis nach Afghanistan".

„Letzteres war Alexander der Große und der war Mazedonier", korrigierte er sie, „und ich meine ja nur..."

Der Glaube der Griechen überzeugte sie nicht. Jeder faule Sack könnte sich auf diese Weltanschauung berufen und sich dabei wie ein Philosophenkönig fühlen, ohne der Welt und ihrer Gestaltung noch verpflichtet zu sein. Sollte wirklich alles vorherbestimmt sein und sich wiederholen, so müsste niemand mehr nach etwas streben.

Sie war immer noch sauer, dass man sie beklaut hatte, dass man ihre Worte genommen, einfach wiederholt und in fremdes Ansehen gemünzt hatte. Sie glaubte weiterhin daran, dass man Neues schaffen konnte und dass der entsprechende Ehrgeiz mehr Respekt verdiente als eine plumpe Wiederholung. Nicht mal einen Buchstaben hatten sie variiert und präsentierten sich nun als Chuzpesprühende Charismaten in der Arena der Spruchsüchtigen. Sie ließen sich feiern, als hätten sie die Welt neu erfunden. Man hatte sie beraubt, ohne einen Verweis.

Selbstverständlich wurde in diesem Medium vieles zu Allgemeingut und dies war auch ihr Ziel, wenn sie eine weitere ihrer Miniaturen verfasste. Doch der Wust der Sprichworte und Weisheiten war eine Sache, die Behauptung einer Autorenschaft eine andere. Sie kannte all die Kalendersprüche, die Bauernweisheiten und selbstfinderischen Äußerungen, die sich am Ende alle irgendwie ähnelten und sich doch oder gerade deswegen eine Aura zeitloser Aphorismen erschlichen. Auf eine selbstverständliche Art und Weise verwendete jeder, auch sie, diesen großen gemeinsamen Sprachschatz, spielte mit ihm, variierte ihn komisch, belächelte ihn oder fand sich gelegentlich eins zu eins mit seinen Lebenssituationen darin wieder. Selbst bei diesen Sinnsprüchen gab es jedoch immer wieder originäre Äußerungen, die so noch nicht waren, Erfindungen, Eigenheiten, die ihr und anderen Anerkennung abverlangten.

Diese Neuartigkeit war es, die sie reizte, nicht das altklug gluckende Omma-kennt-die-Welt-bereits-in-und-auswendig-mein-Kind-zerbrich-dir-dein-süßes-Köpfchen-nicht-Gehabe, nicht das we-all-know-what-you-mean-Gleichsein, nicht das Ende der unbekannten Welt, die nur noch in Lebensphasen variierte, aber damit immer auf das Gleiche hinaus lief.

Die Idee der ewigen Wiederholung und des Vorbestimmten war etwas für Verzweifelte, Unromantische, Fatalistische, Resignierende, orientierungslose Normalitätsforscher, Langweiler, Verblödete, Wahl- und Gestaltungslose. Und dass diese Menschen sich ihrer Worte bedienten, als sei diese Schöpfung eine Weisheit der Vielen und zudem noch den Ursprung verzerrten, verschleierten, ersetzten, das nahm ihr etwas. Etwas, das sie und ihr Schaffen eigen machte.

„Ich meine trotzdem nicht, dass man unsere Sprache neu erfinden kann", beharrte er, „und kontrollieren schon gar nicht. Wenn Worte etwas ändern würden, wären sie längst verboten.", scherzte er. Sie musste über die Absurdität dieser Äußerung schmunzeln. Sie fragte ihn, ob er stolz auf diesen Spruch sei. Er konnte es nicht ganz verneinen.

Sie einigten sich schließlich darauf, dass der Schmuck aus fremden Federn eine Schande für die Geblendeten sei, die längst nicht mehr unterscheiden könnten. Jene, die alles glauben würden, was ihnen als Glaubhaftes vorgesetzt wurde und selbst zu geistig Zurückgebliebenen aufschauen würden, sollte ihnen das geklaute Profilbild spontan gefallen. Zudem brauchte es immer auch den Eikos, das Gefühl für den richtigen Moment, ein performatives Gespür und Talent und viel wichtiger: Die Lust am Formen, deren Befriedigung ihr niemand nehmen konnte. Ihr gekränkter Stolz würde sie nicht daran hindern, auch in Zukunft diese Welt mit Worten zu gestalten und an die Erfindung und Neuheit ihres Denkens zu glauben.

Auch dies konnte zu dem immer gleichen Ergebnis führen. Doch in ihrem Fatalismus glaubte weiter an ein offenes Ende und vielleicht genügte diese absurde Einstellung, um in einer zynischen Welt wieder etwas Neues zu sein.

5- Brennende Server

...erste Flaschen flogen, der Saal tobte, in den hinteren Reihen riss jemand eine Fahne von der Wand, um sie wie einen Speer Richtung Projektion zu werfen. Aufgrund der schlechten Hologramm-Übertragung bekam ich von diesen Angriffen nur beiläufig etwas mit und redete weiter von der Notwendigkeit eines gewaltlosen Fortschritts, von dem ich weiterhin überzeugt war.

Ich wusste, sie kannten meinen Aufenthaltsort, ich wusste, dass mir noch höchstens sieben Minuten blieben, bis sie bei mir vor der Tür standen und mich im besten Fall nur mitnahmen. Vielleicht waren sie schon früher aufgebrochen.

Ich war der letzte, der noch mahnte, alle anderen waren tot. Im Affekt erstochen, von einem Mob geknöpft, oder einfach nur verschwunden und endgültig von den Servern gelöscht. Diese Rede war die letzte Chance zu intervenieren, bevor die Welt in Eskalationen zusammenbrach, sich serverbitlich und buchstäblich vergaß.

Es blieb ein irrsinniges Vorhaben, gegen die Hetze zu wettern, nach der feindseligen Atmosphäre der letzten Tage nun feinseelig Stimmung zu machen, der hysterischen Polemik all der Scharfmacher ohne Provokation, ruhig mit Ethos, Pathos, Logos und Vernunftappellen entgegentreten, sie zu überzeugen als gäbe es kein Gestern. Denn das war es, was sie sich wünschten: kein Gestern mehr, keine Zitate, keine Wiederholungen mehr. Endlich alles wieder auf Anfang.

Die Worte unserer Sprache waren über die Jahrhunderte zu Floskeln verbraucht, jede Zeile nur noch eine abgedroschene Phrase, kraftlos und ohne Neuigkeit in den Versen. Nichts würde sie mehr überraschen, alle Argumente waren bereits formuliert worden, transkribiert und ausgetauscht, jede nützliche Poesie und Persönlichkeit nur eine Kopie, ohne Originalität. Wenig Kunst verblieb. Wenig Hoffnung. Doch ich würde ihnen die abschließende Resignation, die sie ein letztes Mal transkribieren und als Ende speichern wollten, nicht gönnen und redete weiter, versuchte noch ein letztes Mal Neues zu schaffen.

Das Signal brach schließlich ab. Jemand musste mit einem Flaschenwurf den Bilat-Projektor an der Hallendecke getroffen haben. Vielleicht hatte auch jemand den Stromsender aus der Wand gerissen oder mein Kontakt war von einem Administrator aus der Liste gelöscht worden und ich damit endgültig ausgeschlossen aus den Räten.

Noch einmal versuchte ich, mich zu verbinden, doch die Leitung blieb tot. Meine Worte würden keinen Unterscheid mehr machen, sie hatten mir nicht mal mehr zugehört, ich war zu spät. Mich erfasste keine Panik. Ich blieb ruhig und gefasst, wie immer, wenn ich etwas kommen sah.

Ich löschte das Licht im Haus, nahm ein Bier aus der Kühleinheit und ging mit meinem Gartenstuhl hinaus zur Vordertür, platzierte mich gut sichtbar in meiner Auffahrt. Ich wollte sie bis zuletzt kommen sehen, ihnen den Einbruch und den Rausch der Jagd von Vornherein nehmen, zumindest hier bei mir zuhause das erreichen, was meine letzten Worte nicht mehr vermocht hatten.

Es war ein schöner Abend. Ich genoss den ersten Schluck des kühlen Getränks und beobachtete das restliche Licht der bereits untergegangenen Sommersonne. Ich rief meine Schwester an.

„Es ist vorbei. Ich habe alles versucht."

„In Berlin brennen die Server."

„Weißt du noch, wo Großvater immer seine Speicher versteckt hat? Hol sie heraus, lies sie, wenn du möchtest, aber gib sie ihnen, wenn sie kommen und kämpfe nicht um sie. Sie würden sie sowieso finden."

„Wird es einen Neunanfang geben?"

„Nicht mit uns. Wir beide können uns an so viel Gutes erinnern..."

„Wie hast du geredet?"

„Holo, von zuhause aus. Sie kommen mich holen."

„Was hast du ihnen gesagt?"

„Ich vermute, transcript wurde bereits angegriffen, noch während ich geredet habe: Ich kann dir zumindest keine Mitschrift mehr schicken. Die Server in Berlin brennen, wie du weißt."

„Was hast du ihnen gesagt?"

„Es waren nur fünf bis zehn Sätze, bis das Holo-Signal abbrach.", gab ich enttäuscht zu Protokoll.

„Meine letzten Worte waren, dass der Hass keine Revolution sei. Er sei nur eine weitere Erinnerung wie das transcript auch, eine Erinnerung, der wir uns stellen müssten, damit Fortschritt weiter möglich sei, Fortschritt den dieser zerstörerische, hasserfüllte Umsturz niemals erreichen könne, im Gegenteil. Es hat ihnen gar nicht gefallen..."

„Vielleicht erinnern sie sich ja eines Tages an dich."

„Das ist eine schöne Vorstellung. Leb wohl, Schwester-
herz."

6- Hochkultur

...in all diesen verkalkten Gedankengängen spürte man die dünne Patina einer veralteten Zivilisation. Faltige Bildungsbürger und unverbesserliche Sittenromanciers, ewiggestrige Hochkultur-Pädagogen und die Fanatiker einer ordentlichen Welt, die es so nie gab und die von Ihnen trotzdessen zum angestrebten Normal, zum ewigen Fanal erhoben wird. All das Alte, das sich als zeitlos präsentiert, um seinem Tod und dem Vergessen zu entkommen. Sie betrachten klassische Werke weiterhin als einzig sinnstiftend. Als sei auch ihr Sein zu jeder Zeit das Ergebnis frommen Werdens gewesen, ein Verwesen unter wachsamen Augen bildungsbürgerlicher Anstandsdamen, ein geradliniges Altern ohne Ausbruch und Leidenschaft und ohne ein verbliebenes profanes Lustempfinden. Als folge die Kultur einer Logik des Fortschritts, des ewigen Aufbaus, der Reife. Nichts anderes bedeutet letztlich der Begriff Zivilisation: Die Entfernung vom ordinär-menschlichen Ursprung, die Dominanz eines geschulten, biederen Geistes über Affekt, Reflex und Trieb.

Dass die Kultur in Massengesellschaften etwas Dynamisches an sich hat, statt stur und starr in einem Kanon zu verstauben, ist für den fortschrittsgläubigen Zivilisationstechnokraten schockierend demokratisch. Er muss seine hochkulturelle Nostalgie, seine eigene Patina weiter pflegen, ihr immer wieder zu Bedeutung und Penetranz verhelfen. Er wird weiterhin von der dünnen Firnis-Haut-Decke der Zivilisation fabulieren, deren Milieu scheinbar nur er und Seinesbelesenengleichen angehört und das Menschliche ohne Bücherwand und Papyrusliteratur mit dem kommenden Untergang gleichsetzen.

Als seien die Religionen niemals ausgestorben, predigt uns dieser frömmelnde Orden seine alten Bücher, die uns eine Welt erklären, wie sie das 19. und 20. Jahrhundert sah. Wäre ihr Denken umfassend und auch über sich selbst und zu den eigenen Komplexen gebildet, so wüsste diese neu-religiöse Kaste, dass sie nur ihr eigenes Problem mit der Welt, nicht jedoch die Probleme dieser Welt selbst lösen will. Doch dafür reicht die Reflexionskraft dieser Hochkultur nicht mehr aus. Man müsste die Klöster und Tempel verlassen und sich die Hände an der menschlichen Wirklichkeit, diesen trivial-dramatischen Einzelfällen direkt vor der eigenen Haustür schmutzig machen, die in dieser so fortschrittsgläubigen Overground-Szene längst nur noch als Genie, Ausnahmekünstler oder zeitloser Intellektueller auftreten dürfen. Da doch lieber alle zehn Jahre den wirren Woyzeck auf der Bühne sehen und sich als Hülsen- und Erbsenzähler informiert fühlen zu den einfältigen, triebgesteuerten, tendenziell kriminellen Plebejern, die nur sich selbst im Sinn haben. So wie man selbst, wenn man immer wieder auf das Gewesene als einzig relevante Sinnquelle verweist.

7· **Wiederholungen**

Zitternde Zitate, Indirektive, eine Verwaltung der Hie-
be, die Hybris der Diebe sieht unsere Worte, feige Triebe
durchwurzelter Treibsände sähen das Ende der Weisheit
in Autorengeblende, kunstetem Markt- und Ständedün-
kel, Laternen voll der Aura in finsterem Tal, die Kegel
beleuchten die Lateralschäden nicht, ihr Licht schreibt
die sinneren Kreise fort, die das heimliche Außen mit
klauten Bannsprüchen auf vertraute Archive verweisen,
statt dunkle Seiten ihres Scheins zu bereisen und mit
nacht-geschärften Sinnen das Weite zu suchen, beweisen sie ungefragt, dass es keine Anfänge mehr gibt, die
sie nicht bereits kennen, ihre Panik will kein Rennen
mehr, nur den Fundus deklinierter Gefühle, der das Ge-
wühle zu Zitaten bereits gedruckter Wörter schändet,
sich selbst sendet im Widerhall des Alten, erdrückende
Ordnung ohne Gestalten.

8- Unbemerkt Wirken

Ich könnte Literatur mit verschneckten Meinungen behausen, Zaunpfähle zu Zahnstochern schnitzen und mit Martinis garnieren, brackige Austern schlürfen, bis ihr meiner Spucke Perlen entnehmt. Ich könnte meine flache Hand zum Streicheln nutzen, euch geduldig die Haare kämmen, bis sich die Knoten lösen, verbale Vorlagen geben, bis ihr endlich auf Umwegen nach dem Tor in euch sucht. Ich könnte den Selbstsüchtigen Komplimente machen, dass es ihnen unwohl wird, den Egoisten die Bettdecke verspiegeln, den Verzweifelten die Abgründe mit Beton verschließen, den Narzissten ein paar Liebesbriefe ihrer Mütter schreiben, den Haltlosen die Schlüssel an die Handschellen hängen und all den Worten ihren Sinn entnehmen, bis das Fühlen zur letzten Sprache wird. Doch das habt ihr gar nicht nötig. Ihr braucht mich nicht.

Jeder denkt, ersie höchst selbst sei auf diesen oder jenen weisen Einfall gekommen, der ihrihn Leben verändert hat. Diese Annahme von Souveränität und Selbstständigkeit blendet die fremden Beiträge zum eigenen Werden immerzu aus. Und dies mache ich mir zunutze, denn auch ich möchte nur eine Begegnung sein, die man schnell vergisst. Niemand wird mehr wissen, ob wir all das wirklich angestoßen haben oder nicht, ob es mich oder euch tatsächlich gab und wer der Ursprung dieses scheinbar eigenen Gedankens war. Als eitler Urheber stehe ich der Übernahme meiner Anstöße ungünstig im Wege. Und deshalb lächele ich lieber in mich hinein, wenn mein Anteil vergessen wird und freue mich über das Verständnis. Und wer das ebenfalls von sich behaupten kann und gerne heimlich die richtigen Gedanken streut, den erkenne ich wieder, wenn ich ihn oder sie auf der Straße sehe. Ich nicke ihm anerkennend zu, da er wie ich dieser clandestinen Berufung nachgeht, die durch den ausbleibenden Lohn nur zum stillen Genießen lädt. Auch diese Anerkennung habt ihr selbstverständlich nicht nötig. Ihr macht es sowieso und findet eure heimliche Freude daran.

9- Der Albtraum einer Bohème

...es gibt dort zum Beispiel die Figur des Intellektuellen, die weiterhin meint, sie sei anderen mit ihrer Erkenntnis etwas voraus, obwohl die meisten Menschen aus eigener Erfahrung heraus ihre Situation längst sehr gut begreifen. Ausgerechnet der oder die Intellektuelle begreift nicht, dass auch er oder sie Teil einer Situation ist und den Diskurs weiter treibt, statt ihn zu überwinden.

Es gibt dort die Figur des heilig politisch Korrekten, die enttäuscht feststellen muss, dass ihre vermeintliche moralische Autorität die Konflikte nicht beenden kann. Jedes ihrer Worte heizt den Glauben an das einzig Richtige weiter an und stärkt so immer zu gleichen Teilen die eigenen Gegenspieler.

Es gibt in meinen Träumen zudem eine tragisch-komische Figur des Avantgardisten, die sich selbst für progressiv und anders hält, deren Zukunftsvision über die Gleichheit aller aber bisher nicht hinaus geht. Sie schaut zurück statt nach vorne, ihre Formulierungen klagen etwas Vergangenes an und ihre Taten reproduzieren genau jene Unterschiede, die sie eigentlich kämpferisch überwinden will.

In meinen Träumen bräuchte diese Figur des Avantgardisten mehr Mitstreiter für eine kulturellen Revolution. Doch mit jedem neuen pöbelnden Kommentar demobilisiert sie ihre eigene mögliche Bewegung. Jeder neue plumpe und arrogante Vorstoß lässt selbst gute Freunde an der verbliebenen Intelligenz dieser Figur zweifeln, die der Welt lediglich vor Augen führt, dass die hehre Kunst der Zukunft, die Praxis der Avantgarde inzwischen ein ordinärer, selbstgerechter Troll geworden ist, der für sich wohl hofft, dass er als dieser expressive Proll zum Mitglied jenes Proletariats wird, das er völlig rückwärtsgewandt für das entscheidende revolutionäre Subjekt einer kommenden Weltrevolution hält. Jede noch so gut gemeinte Handlung dieser Figur wird letztlich doch zu einer Art Hohn, zum Ausdruck einer herablassenden Bohème. Sie belustigt sich über die Ahnungslosen, Ungebildeten, die Nicht-Künstler, über all die Konsequenzlosen und die Komplizen dieser Welt. Sie will alles Normale an sich ablegen, sich über sich hinaus entmenschlichen und mit seiner fortschrittlichen Zynik zu jenem unverletzbaren Typus werden, den die neue affektive Postmoderne offensichtlich verlangt. Und diese Figur der Avantgarde wird in meinem Albtraum schließlich das normalste, angepassteste und uninspirierendste Vorbild, das sich ihre Zeit vorstellen kann. Sie gestaltet nichts mehr über sich hinaus und will nur noch sein. Ihre Vision ist die ästhetische Selbstbefriedigung.

10- **Aisthesis**

...und die ästhetische Forschung könne hierbei alles fassen. Das Soziale sei längst etwas Ästhetisches, das man sich anhefte. Selbst eine Ideologie sei nur eine logische Neigung, nach der man die Welt gestalten wolle. Das Wissen des Einzelnen sei hier eine Art Collage, eine rekombinierte Auswahl der in uns anklingenden Fragmente.

Wer eine Welt der Empfindungen und Affekte aufbaue, käme an einer Idee der Aisthesis, dieser Einordnung im Moment der Rezeption, dieser scheinbar unmittelbaren Wahrnehmung eines ästhetisch veranlagten Geistes nicht vorbei.

Die Menschen würden in Auseinandersetzungen oft noch von Wahrheit, von Rationalität sprechen, um jemanden zu überzeugen – ein Vermächtnis der Wissenschaft und ihrer Ästhetik nüchternen Fortschritts. Doch letztlich kämpfe man immer gegen diese Wohlfühl-Ästhetik eines anderen, die zu jeder Zeit eine bewahrende, konservative Politik verfolge. Und in diese müsse man seine Ansichten übersetzen, Syrer in Lederhosen zeichnen, den eigenen Initiativen für den Staat eine Rechtsform geben, Intellektuelles in derben Sprüchen äußern, den Kampf für Frauen- zu Männerrechten machen, jeden stummen Schrei nach Liebe auch mit dieser beantworten, Utopie mit Pragmatik begründen, den Sturm und Drang der Jugend zur literarischen Gattung erklären und das Fortschreiten als Tradition formulieren.

Es gehe hierbei auch nicht um die Legitimität einer gewissen Wahrnehmung: Letztere sei schlicht Fakt. Er könne hier eine weitverbreitete, naiv moralische Haltung, die nach Verboten, Sanktionen und letztlich auch gewaltsamer Durchsetzung rufe, nicht nachvollziehen. Es gehe vielmehr um Übersetzungen, Hybride und neue Bilder des Gemeinsamen, die einen bleibenden ästhetischen Wert entwickeln würden und uns verbinden. Das wäre die Heimat, die wir besetzen müssten, so sein Rat an mich.

„Wir müssen wieder an Identitäten arbeiten, die nicht nur unsere eigenen sind...“

11- **Mühelos getrennt**

Von den Lücken genervt, den ausbleibenden Worten, der fehlenden Verbindung, gereizt von den Widersprüchen, der Fremdheit in den verzerrenden Gedanken anderer. Ohne verbliebene Empathie oder den Wunsch zu verstehen, leben wir als unerträgliche Diskrepanz und nur von der Hoffnung, dass man sich uns tierisch zuneigt oder zufällig für uns denken mag.

12- **Der heiße Brei**

Wir zwingen andere, sich einer Realität zu stellen, die wir selbst definieren. Wir reden gerne über den heißen Brei, der eines anderen Schicksal ist, denn offenbar bereitet uns diese Konfrontation ein wohliges Gefühl der Macht. Endlich trifft es jenen weltfremden Träumer, endlich wird ihre Verdrängung enttäuscht, der Leugner entlarvt und der Unbedarften und vom Schicksal bisher Verschonten die Unschuld geraubt. Man will die Schonung nun entblößen, das vermeintliche Schicksal eines Menschen vorantreiben, wie so ein kleiner Gott.

Ein sadistischer Wesenszug der einst selbst und zukünftig Gebeutelten, die sich in alter Unruhe an dieser festhalten, sie täglich neu inszenieren müssen, um sich immer wieder zu finden in dieser Qual und der Qual anderer. Ein Impuls der Geknickten und bereits Knienden in ihrer Arbeit an dem Muss und Muß dieser Welt. Damit sie damals nicht freiwillig gemusst haben, als man Ihnen die Schüssel mit dem heißem Brei servierte und zu Bruch und Entscheidung zwang.

All die schlechten Erfahrungen und deren Weitergabe könnten längst ein anderes Niveau erreicht haben. Helfend, ermutigend, unterstützend, emanzipierend. Der Erfahrene muss die selbst erlebte Härte nicht weitergeben. Die rachsüchtige Kompensation des eigenen Leidens ist sicher kein Geschenk und kein Ratschlag an diese Welt. Lediglich gelebte Resignation mit weiteren, neuen Opfern.

Ich weiß, es benötigt Größe und Kraft, anderen ohne Neid ein leichteres Leben zu gönnen, als es einem selbst einst vergönnt war. Aber wir sollten diese andere Art von Geschichten lieben lernen und die Narrative des Unausweichlichen und der Erniedrigung durch eine vermeintliche Realität nicht zum Kern unseres Schreibens machen. Das eigene Scheitern kann hier ein Anlass sein, zu wachsen. Es ist zumindest kein Freifahrtschein für stete Rachefeldzüge gegen eine unbedarfte Welt, die selbst entscheiden darf, ob sie sich zu etwas zwingen möchte.

Wer dies trotzdem tut und die Welt mit Unterwerfung strafen möchte, der reduziert alle Wesen auf ein Singular, auf die eigene unausweichliche Vergangenheit und eine solche Erfahrung wäre nur noch das eigene Ego wert, nicht den Austausch. Wenn bereits jeder zu einem ähnlichen Schluss kommen würde, müssten wir über diesen heißen Brei nicht reden.

13- Unabstützig

„…hier liegt offenbar eine Verwechslung vor: Sie waren niemals unabhängig, sie waren lediglich frei.", stellte sie klar.

Niemand sei unabhängig in dieser Welt und sie könne diese Sehnsucht nach diesem durch und durch asozialen Gefühl einfach nicht mehr verstehen. Jede Handlung, selbst die Ausblendung der Konsequenzen, habe ihre Konsequenzen – auch wenn wir selbstverständlich frei in unseren Entscheidungen seien. Aus diesem Grund könne die Unabhängigkeit niemals ein Aspekt von Gesellschaft sein. Diese Form der Entfremdung sei vielen Menschen offenbar recht.

Freiheit hingegen sei etwas, das wir dem Einzelnen – soweit wie möglich – als Gesellschaft garantieren würden. Diese sei jedoch abhängig von der Freiheit unserer Nächsten und pflege damit weiterhin ein Verhältnis zur Gesellschaft an sich.

Dass manche Menschen diese Logik nicht ertragen könnten, sei grotesk, da primitiv archaisch und modern hedonistisch zugleich. Ein skurriler gemeinsamer Nenner all der sozial und geistig Zurückgebliebenen unserer Zeit. Diese Menschen könnten mit der Freiheit nicht mehr umgehen. Sie hofften, sich in Bezug auf andere

Menschen nicht mehr entscheiden zu müssen. Doch dies sei das Leben.

14- Abstrakte Kunst

...der abstrakte Begriff sollte wohl Spielraum lassen. Sie fuhr mit ihren Augen über das Buchstabenknäuel und suchte nach etwas Verfänglichem, konkreten Anhaltspunkten. Sie fand keine Widerstände in diesem Antikonzentrat, das ihr alle Deutungen offenließ, sich als runde Metapher, Gleichnis, Parabel, Mysterium viel zu seicht über die Wirklichkeit legte. Die vermeintlich gutgemeinte Zuspitzung auf ein einzelnes Wort blieb eine Fläche aus Berührungspunkten, die niemandem mehr widersprach.

Sie fühlte sich, als sei sie an einem anderen Zweig der Kunst angekommen, der sie in diesem Moment mehr irritierte als dem simplen Gegenstand wohl angemessen. Anderen Gästen bot das Abstrakt viel Gesprächsstoff. An dem Werk entwickelten sie eine sehr eigene Lust, die dieses bereitwillig zuließ. Sie hingegen war nicht hier, um sich gehen zu lassen. Sie erging sich ungern in weit hergeholten Assoziationen, die ihr narzisstisches Ich auf dieser Vernissage zum Klingen bringen sollten. Noch immer hoffte sie auf irgendeinen einen Anstoß, der sie in eine Richtung zwang. Das Geschehen vor Ort hatte sich längst vom Werk gelöst, oszillierte als soziales zwischen den Anwesenden und ihrer Kontaktaufnahme für zahlreiche weitere Zwecke im Kunstbetrieb. Das

Werk widersprach dieser professionellen Vernetzung nicht. Ein Tag ohne Ausschluss bisher. Ein Abend leeren Sendungsbewusstseins aesthetischer Denker. Diese Kunst war eine Bühne voller Publikum, kein Punkt

15- **Pünktchen**

Beginnt man nicht, indem man endet, und ist der Punkt am Ende eines Satzes nicht ebenso schön wie das Schweigen zwischen den ungeschriebenen Zeilen?

Warum formulieren wir all die Dinge, die längst in uns übergegangen sind? Weil wir während dieses Formens weitersuchen? Weil wir unserem Denken eine Pause gönnen möchten in einem Stück? Diese Strohhalme der Schlagfertigkeit in unseren Notizbüchern, Haltungen zur Unendlichkeit unseres Seins, die uns Nomaden ruhen lassen, die Phantasie eines Punktes auf einem Material, das uns erinnern kann, als sei die Flüchtigkeit nicht real. Wir Menschen können so wenig fassen und träumen dennoch von dem Ganzen in einem Satz, prüfen, ob die neuen Worte unsere Heimat werden könnten. Doch im Schreiben dürfen wir werden und dass wir bleiben, ist eine sehr romantische Idee, die dieser schönen, vielseitigen Welt wohl niemals gerecht werden kann.

Vielleicht überwinden wir ja irgendwann die Mantras und Weisheiten in Satzform, nehmen die Welt in uns auf und lassen sie ohne Zeichen klingen, erlauben uns, dass auch wir ein weiterer Punkt sein dürfen, der die Beschreibung und den Text nicht mehr braucht. Doch bis dahin, bis wir uns als Menschen derart lieben, sollten wir

schreiben und uns weiter kennenlernen. Träumt euch
schön.

16- **Aufzeitschreiben**

Auf Zeit schreiben ist eine der schönsten Übungen. Ich habe 15 Minuten und werde sie nun mit diesem Text füllen. Sie als Leser mögen sich dabei fragen: Wo bleibt denn da der Sinn, wie bleibt da ein Zweck erhalten, wer bleibt hier noch die Sorgfalt in Person? Und was wird aus der Zeit, die ich hier nun verschwende? Ich kenne die Zeit inzwischen sehr gut und kann Ihnen versichern: Sie interessiert sich nicht für uns und diese komische Verschwendungsunlust. Die Zeit ist unbelebte Natur und hat ihre eigenen kosmischen Probleme, um die sie sich seit Raumgedenken kümmert und damit jedem menschlichen Fleiß und jeder Ernsthaftigkeit wohl ein paar Urknälle voraus ist.

Aber es kann dennoch sinnvoll sein, sich mit der Zeit auseinanderzusetzen. Denn sie ist ein Gott, der tatsächlich Wunden heilt, sie ist ein Gebet, dass wir sekündlich in unserem Alltag wiederholen. Sie hat mehr Götzen an unseren Handgelenken und in unseren Städten, als katholische Dorfpädagogen Kreuze in bayerische Klassenzimmer nageln können. Selbst Kirchtürme beugen sich ihrer universellen Macht. Auch ich schreibe hier auf Zeit und unterwerfe mich damit.

Und es ist durchaus zweckvoll über die Zeit zu schreiben, da man sie dabei beobachten kann, wie sie vergeht.

Wir dürfen dabei über ihre Vergänglichkeit lächeln. Und dieses Ziel muss ein Text über die Zeit, der sich nicht nur als weitere Reihung von Zahlen und Fakten verstehen will, meiner Meinung nach anstreben und erreichen. Auf die üblichen Zwänge und Nutzungsvorschriften der Zeit darf man hierbei keine Rücksicht nehmen und erfüllt damit vielleicht sogar mehr Zweck als die Lohnarbeit, die man erfüllen müsste.

Es hat dabei durchaus etwas Sorgfältiges, auf knappe Zeit zu schreiben, denn man eröffnet sich eine unwahrscheinliche Zeittür ins Nichts, eine kleine Spanne für die Häresie gegenüber dieser sonst so unerbittlichen Gottheit. Die Rechtschreibkorrektur bügelt viele der orthografischen Falten aus, der Fluss der Worte hat seinen eigenen Stil und dies trainiert uns, schnell und ungehemmt ein paar Sätze zu reihen, deren Funktion noch völlig offen ist. Man gewinnt dabei sogar etwas Zeit, wenn der Text ohne verkrampfte Satzbau-, Wortsuch-, Stilstolper- und Faktencheck-Bemühungen zunächst rasch hinausgeschrieben werden darf.

Und wer dies nun möchte, kann diesen kleinen Text mit einem zähen Korrekturzuckerguss überziehen oder mit Analogkäse überbacken und als Kolumne auf Papier drucken. Dies könnte, lieber Leser, neben der bereits verschwendeten Lektüredauer aus Ihrer Zeit werden, wenn Sie diese ernsthaft verschwenden möchten. Ich wünsche Ihnen bei dieser zeitlosen Tätigkeit viel Erfolg.

Nachwort

...einen kleinen Text will ich euch lassen. Eine Erkenntnis dürft ihr selbst formulieren. Durftet ihr immer schon, doch ab nun lasse ich Lücken, biete fortan nur noch Mehrdeutigkeit.

Keine fremde Schrift wird euch zur Überzeugung verhelfen, denn man muss die Worte und ihren Sinn selbst vollziehen. Es wird kein Gedanke wirklich, dessen Form wir nicht selbst greifen wollten, schaffen mussten und als eigenes Wissen bejahen.

Einen kleinen Text werde ich euch lassen, auf dass ihr ihn selber verfasst und Fassung erlangt ohne euch anzulehnen und von anderen zu lernen, sondern euch nun selber lehrt, was es bedeutet, ein Leben lang zu schreiben.

o Edit o Edit on

Pseudonymphen
Einhörner und Zuckerwatte
978-3-7519-3381-0

E-Book:
978-3-7519-8732-5

Die verbliebene Fähigkeit
mit der Welt zu flirten
978-3-7519-3384-1

E-Book:
978-3-7519-8728-8

Metal iteratur
über schreiben
978-3-7519-3423-7

E-Book:
978-3-7519-8729-5

Zeichenleim
mit Reim
978-3-7519-3429-9

E-Book:
978-3-7519-8730-1